Collection "Patrie"

GEORGES SPITZMULLER

L'AUTO-CANON FANTÔME

40 c.

Le récit complet illustré.

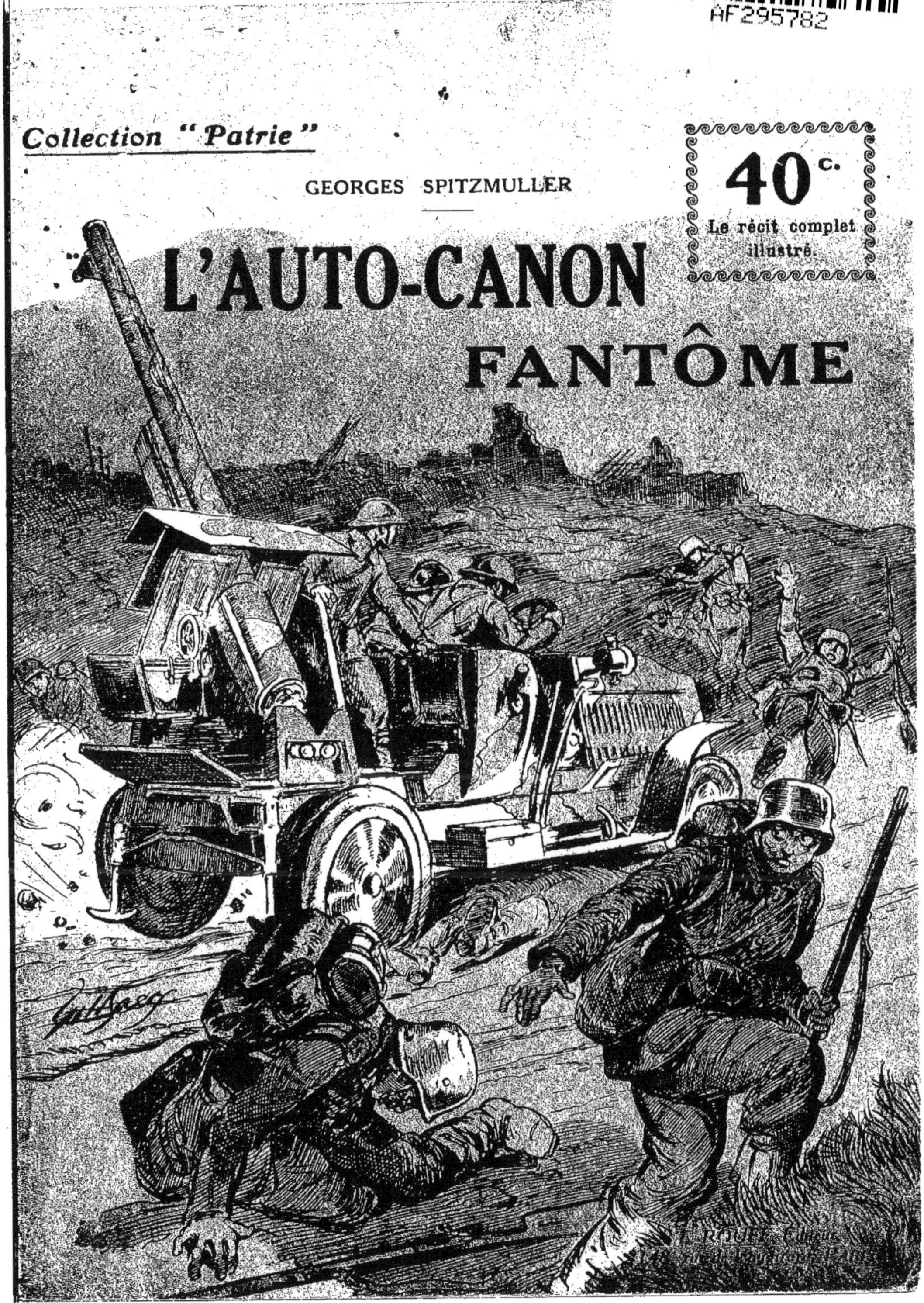

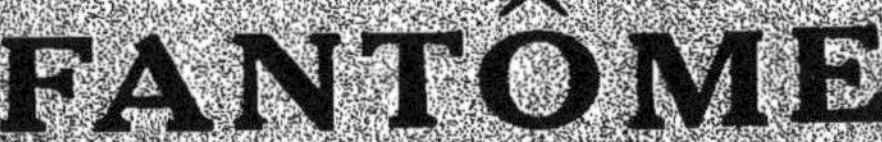

L'AUTO-CANON
FANTÔME

I

Ma section

JE sortais de Fontainebleau comme aspirant au ...° régiment d'artillerie.

Le régiment des as, m'avait-on dit : Celui qui fournissait le personnel des sections d'auto-canons. Aussi étais-je très fier... Allais-je devenir un as, moi aussi? Pourquoi pas!... Je m'en sentais l'étoffe. J'avais — j'ai encore — la jeunesse, la foi. Avec cela, on va loin...

Et d'abord, je me demandais :

— Pourquoi ce petit mot *as* est-il passé du langage des cartes dans le vocabulaire de la guerre moderne pour caractériser des gens particulièrement brillants dans leur spécialité?

Mon camarade Dervelon, de l'École normale supérieure, m'expliqua l'origine de la transposition de cette syllabe magique. Pour cela, il remontait à Froissart qui, dans une chronique, dénomme *as* les plus habiles bûcherons qu'avait pu réunir en équipe son ami messire de Corbaze, pour abattre rapidement les arbres de son parc. Le « maître suprême de tous ces *as* » était un sieur Sorlin.

— Celui-là, concluait mon ami, nous l'appellerions l'as des as...

Moi aussi, j'aspirais à ce titre.

Je partis donc, le cœur plein d'ambition et d'espérance, pour joindre la section à laquelle je venais d'être affecté.

Elle opérait dans l'Aisne.

Et nous étions au mois d'avril 1918.

Ma section se composait d'un matériel flambant neuf.

Deux sveltes 75 montés sur châssis automobile; quatre caissons-camions, dont deux pour les munitions, spéciales, qui sont les nôtres; car les auto-canons sont surtout destinés à la défense antiaérienne.

» Tout ce matériel est camouflé *secundum artem*. Parbleu! si nous voulons tirer sur les avions, il faut commencer par nous cacher à leur vue. Condition primordiale.

A peine arrivé, je vais me présenter au chef du groupe.

Un groupe d'auto-canons comprend trois sections et est placé sous le commandement d'un capitaine.

J'ai connu celui-ci quand j'étais maréchal des logis au 5ᵉ de campagne où il commandait une batterie, au début de la guerre. Un brave homme et un excellent artilleur, ce capitaine Vanbremeersch, Flamand — cela s'entend — et plein du calme flegmatique propre aux gens du Nord.

— Ah! c'est vous, mon petit Robertet. Très content de vous retrouver et de vous avoir avec moi... Voici... Je n'ai pas de lieutenant ni de sous-lieutenant pour votre section. C'est vous qui la commanderez. Tâchez d'être à la hauteur, hein? Votre section est la dernière formée; c'est la plus neuve; matériel épatant. Vous allez nous faire des tirs de salon!

— On tâchera, mon capitaine.

— J'y compte.

— Où prenons-nous position?

— Ah! ah! Je vais vous indiquer ça.

Il déploya la carte de Reims.

— Voyez, dit-il... Baslieux-les-Fismes. Au nord de l'église, une route où s'amorce un chemin de terre qui rejoint là route de Glennes. Il faudra faire une reconnaissance vers ce chemin de terre.

— Alors, c'est sur ce plateau...?

— Parfaitement. Vous y avez de l'horizon, et il y a par là de fréquents passages d'avions boches.

— D'où viennent-ils, en général?

— Des aérodromes de la région de Laon ou de Rethel; il y en a aussi derrière Craonne. Ils passent presque toujours au-dessus de Fismes et de Courlandon, pour bombarder les gares. La section demi-fixe qui vous a précédé en a abattu deux le mois dernier.

— Exemple à suivre! dis-je en souriant.

— Je vous y engage, Robertet... Mais vous aurez sans doute autre chose à faire que du tir contre avions. Vous êtes une unité essentiellement mobile... Et il est probable que vous ne vous incrusterez longtemps nulle part. Je vous ferai courir après les avions et taper sur des buts à terre. Tout dépendra des circonstances.

« A la guerre, certaines nécessités s'imposent — et réussissent — qu'on aurait jugées absurdes et irréalisables avant l'emploi décisif des moyens qu'elles mettent en œuvre... Là-dessus, allez prendre possession de votre unité et vous mettre en liaison avec moi.

Le poste de commandement du capitaine du groupe était installé à Merval, à peu près au centre du cercle inscrit dans le triangle Baslieux-Blanzy-Glennes, formé par les trois sections.

II

Ah! qu'il est doux de ne rien faire
Quand tout s'agite autour de nous...

Cette romance de *Galathée* chantait dans ma mémoire.

C'était vraiment le rêve, le commandement de cette section d'auto-canons. Le filon, quoi!

Depuis trois jours, je me prélassais dans un voluptueux *farniente*.

Pas d'avions ennemis...

Par conséquent, rien à faire... qu'à attendre qu'ils viennent.

Je me doutais bien que cela ne tarderait pas.

Certes, depuis ces trois jours, le temps avait été mauvais, le ciel nuageux ou brumeux, le vent violent. Conditions atmosphériques déplorables pour les hommes de l'air. Mais ces conditions allaient changer. Le baromètre montait avec une lenteur régulière; le printemps s'installait dans la nature; les éléments acquerraient bientôt de la stabilité.

En effet, au matin du quatrième jour, un soleil radieux illuminait la vallée de l'Aisne.

De mon poste, j'en découvrais toutes les perspectives échelonnées.

Visibilité parfaite; à l'anémomètre, vent à peu près nul.

— Nous aurons de la visite aujourd'hui, me dit Vacherel, le sous-officier de la première pièce.

— Je crois que oui.

— Faut-il faire une répétition de manœuvre?

— Bonne idée. Allez-y.

Et voilà Vacherel qui alerte tout le monde, qui envoie l'altitude, la vitesse, l'orientation d'un avion imaginaire, qui commande un tir fictif avec les corrections de hauteur et de dérive.

Ça marchait très bien. Tous mes hommes manœuvraient comme des anciens.

Moi, pendant ce temps, je scrutais l'horizon...

Tout à coup, dans le champ de la lunette, je saisis un point blanc, mobile... J'observe... Le point blanc vient vers nous. Cette fois, c'est l'alerte « pour de bon ». Je la donne.

L'avion, qui venait de « là-bas », plafonnait à 4.500, hauteur mesurée à l'altimètre. Le télémètre donnait 17.000. D'après la table d'orientation, l'appareil devait être au-dessus de Monthenault, assez loin derrière les lignes allemandes.

Il avançait rapidement : du 90 à l'heure.

A cette vitesse-là, en moins de dix minutes, il survolerait la batterie de Glennes.

Avant que ce temps ne s'écoulât, en effet, elle le salua au passage. Ma section fit écho, puis celle de Blanzy.

L'appareil canonné commença à louvoyer. Il zigzaguait, montait, descendait avec une incontestable maëstria.

L'aviateur sur qui l'artillerie tire n'entend pas les coups, même très proches; le bruit de son moteur les éteint. Mais il voit éclater les shrapnells ou les explosifs, insonores pour lui et pareils à des bulles fumigènes.

A cet égard, notre Fritz était servi!

Tout autour de lui, le ciel se constellait de taches blanches.

Je tirais à la cadence de dix coups par minute et par pièce, rythme qui était sensiblement celui des deux autres sections.

Ce qui donnait, en moyenne, un coup par seconde.

Néanmoins, tout en se livrant à ses acrobaties dilatoires, le Boche continuait à avancer. Il essayait de franchir notre barrage.

— Cet animal-là a du cran! pensais-je...

Et, au fond de moi, — je n'aurais voulu le dire à personne, — je l'admirais... ma foi, oui!

A présent, je distinguais nettement les croix noires de ses ailes.

Soudain, une rage me prit, devant l'avion de cet ennemi qui semblait nous narguer.

— Accélérez! commandai-je.

Bientôt, ma cadence fut portée à quinze coups, — à peu près le maximum. Et le Boche avançait toujours...

Tout cela avait pris deux ou trois minutes à peine.

Dix fois, vingt fois, je crus que l'avion en tenait. Les coups éclataient — semblaient éclater du moins — tout près de lui, jusqu'à le toucher. Mais j'étais le jouet d'une illusion visuelle. A ces distances et sous ces angles, rien de plus facile que de commettre de telles erreurs.

— Zut! voilà qu'il passe! m'écriai-je, au désespoir.

— Le cochon! ponctua Vacherel.

Oui, il a franchi notre barrage.

Qu'importe! on va le suivre.

Et je donne mes ordres en conséquence...

Quand tout à coup — ô surprise! — l'avion pique vers le sol avec une rapidité foudroyante. Il tombe littéralement...

— Il est fait! se réjouit Vacherel.

D'un commun accord, le tir cesse...

Mais non, l'appareil ne tombe pas... On entend toujours le bruit du moteur. Et, nettement son pilote le dirige...

Le voilà qui s'incline en avant comme pour atterrir par une manœuvre habile.

Eh! oui, c'est bien cela! Nous le voyons se redresser un peu, avant d'arriver au sol, ralentir et se poser doucement sur son train de roues qui l'emporte encore à une cinquantaine de mètres.

Il a pris contact avec une grande prairie, près de l'arbre de Romain, chêne centenaire, très élevé, qu'on a dû abattre parce qu'il offrait un point de pointage aux canons ennemis.

— Venez! dis-je à Vacherel. Nous allons cueillir l'homme volant.

On saute dans un camion de l'échelon, en arrêt sur la route; et en avant, à plein gaz!

Le voyage n'est pas long. Quelle allure, messeigneurs! Nous brûlons le Grand-Hameau, manquons d'emboutir une voiturette postale, traversons Romain comme des fous en dérapant à tous les virages, faisons un bond terrible sur un caniveau, glissons dans un fossé d'où l'impulsion acquise nous sort sans encombre, nous nous lançons sur la route de Meurival en quatrième vitesse, le pied sur l'accélérateur...

Quelle course! à se rompre le cou vingt fois! Mais il s'agit d'arriver premier — pour l'honneur de la prise.

Enfin, voici l'avion boche, à deux cents mètres de la route. Pas de monde autour de lui : nous sommes donc bons premiers. Stop! Nous sautons à terre et courons dans le pré vert.

Accroupi à côté de l'appareil et nous tournant le dos, un homme, — le pilote — vêtu d'une combinaison kaki, semble très occupé à examiner quelque chose.

— Il recherche la panne!... dit Vacherel, tout essoufflé. Attends, chameau!

L'aviateur ne nous a-t-il pas entendus venir?... En tous cas, il se préoccupe fort peu de nous. Et cela nous vexe un peu.

Nous voilà à dix mètres de lui, étendant les mains pour l'empoigner...

A ce moment, il se retourne, et — ô stupeur! — je m'entends interpeller par mon nom :

— Bonjour, Robertet! Comment vas-tu, ma vieille?

Et alors, dans cet homme vêtu en scaphandrier, je reconnais mon camarade Duverger, l'aviateur déjà réputé, engagé — comme moi — de la classe 17.

Tableau!

Il sourit malicieusement, puis, devant nos mines stupides, (prenez cet adjectif avec le sens que lui donne Corneille dans *Cinna*), il éclate de rire, bruyamment.

Le rire, dit-on, est contagieux... Celui-là ne l'est pas...

Car je continue à avoir l'air d'un renard qu'une poule aurait pris.

Lorsque son accès d'hilarité fut calmé :

— Eh bien, mes gaillards, dit Duverger, vous m'en avez sonné, une musique!... Mes compliments : votre tir était très bien! et je n'y ai échappé que grâce à mes cabrioles... seulement, à ce jeu-là, on détraque son appareil, et le mien a quelque chose de bouzillé.

Je tournais autour de l'avion, comme pour bien me persuader de n'être pas le jouet d'un rêve.

— Ah! tu examines la bagnole! s'amuse Duverger. Pas d'erreur, : c'est bien un boche... et vous aviez parfaitement raison de me canarder comme vous l'avez fait.

— Alors, tu vas raconter...

— Bien volontiers... Seulement, je crève de soif.

— « Donne-lui tout de même à boire, dit mon père... » fis-je à

Dans cet homme vêtu en scaphandrier, je reconnais
mon camarade Duverger (p. 5).

Vacherel, qui connaissait ses classiques et qui portait un bidon à son
côté.

Duverger vida presque le bidon. Et après, il causa.

— Voilà, commença-t-il en allumant une cigarette... L'appareil
que vous voyez ici présent est venu atterrir hier, tout près de notre
camp d'aviation, par suite d'une panne de moteur... Cette panne-là,
du reste, avait été admirablement truquée par l'aviateur boche, —
her leutnant von Walgenheim, — qui avait tout simplement envie de
se rendre sans faire kamarad.

— Dam! vous leur menez la vie dure.

— ...Nous cueillons donc le Walgenheim. Cet animal-là montait
un appareil épatant : un Rumpler du tout dernier modèle.

« — Il faudrait l'essayer », dit notre capitaine d'escadrille.

« Je m'offre. Ça colle. Je naviguais là-dessus comme sur mon
Spad.

« — Puisque vous vous en tirez si bien, reprend le capitaine, je
vais vous donner une mission de confiance, mon cher Duverger.

« — De quoi s'agit-il?

« — D'aller photographier les lignes ennemies.

« — Compris!

« — Ce vous sera évidemment plus facile avec un appareil à croix qu'avec vos cocardes.

« — Naturellement!

« — Vous partirez un peu avant l'aube et tâcherez de rapporter quelques clichés de l'emplacement présumé de la grosse Bertha qui tire sur Paris.

« — Bon. Ça ira bien pour aller; mais pour le retour?

« — Vous recevrez des coups de canons de chez nous, c'est évident; mais il ne faut pas songer à prévenir notre D. C. A. Le remède serait pire que le mal, car elle respecterait tous les avions boches qui passeraient, pour vous ménager...

« — Bah! qui ne risque rien n'a rien, mon capitaine.

« — Bien dit! d'ailleurs, en plafonnant à hauteur suffisante, vous reviendrez comme vous voudrez. »

— Ton capitaine avait raison, fis-je avec un peu de dépit.

— Bref, je pars. Je passe. Je photographie. Et je repasse.

Il prononça cela comme la chose la plus simple du monde, ce brave Duverger.

J'admirais son courage, et je le lui dis.

Mais lui, vivement :

— Pas de compliments, hein? Il faudra d'abord voir ce que je rapporte. J'ai idée, toutefois, que cela sera intéressant.

— As-tu vu tirer la grosse Bertha?

— Je crois bien que oui. Il est vrai qu'il y a, par là, tout un nid de pièces qui tirent en même temps pour empêcher le repérage au son. Mais, juste à l'instant où je pressais mon déclic, j'ai vu, au milieu de tous ces nuages de fumée légère, une véritable éruption volcanique. Ça devait être la grosse Bertha qui éternuait.

— A moins qu'elle ait fait explosion?

— Enfin, je suis presque certain de l'avoir sur ma plaque.

— Et maintenant, que vas-tu faire?

— Rentrer. J'ai dû m'arrêter ici parce que ma carburation était défectueuse. Je viens d'arranger à peu près ça. Donc, en route... A propos, veux-tu me rendre un service?

— Lequel?

— Téléphoner à mon escadrille — l'escadrille des Mouettes — que je vais arriver. Ils doivent être un peu inquiets, par là-bas...

— Entendu.

— Pendant ce temps-là, je mets en marche.

— Dans dix minutes, ta commission sera faite, mon vieux... Allons, au revoir...

— Et sans rancune! sourit-il encore en me montrant, sur la carlingue, un trou que je n'avais pas remarqué.

Un éclat d'un de nos projectiles avait passé par là!...

Bientôt, nous roulions vers Baslieux, tandis que mon ami Duverger s'occupait de son moteur. Nous y fûmes vite rendus.

A peine avais-je fini de téléphoner à l'escadrille des Mouettes, qu'un vrombissement énergique donnait sa note musicale au-dessus de nous.

Je levai la tête.

L'avion boche de Duverger nous survolait, assez bas.

Un petit paquet blanc s'en détacha et vint tomber juste entre nos deux pièces, distantes de soixante mètres l'une de l'autre.

Des servants se précipitèrent et me rapportèrent l'objet.

C'était un caillou, gros comme un œuf, enveloppé dans une feuille de papier blanc avec ce mot :

Merci.

III

La chasse dans la nuit

V INT le joli mois de mai. Notre secteur restait au calme.

On ne supposait pas que les Allemands, embossés derrière Craonne et le Chemin-des-Dames, allaient faire dans quelques jours cette offensive qui leur a trop bien réussi.

En attendant, leurs avions passaient, toutes les nuits claires, pour aller jeter leurs « perles » sur la capitale ou sa banlieue.

Ils partaient, en général, entre neuf et dix heures du soir.

Des fusées en chapelets, lancées de nos avant-postes, nous avertissaient de la sortie des sinistres oiseaux de nuit.

Vite, nous nous mettions en relation avec les stations d'écoute pour obtenir les données approximatives de leur élévation et de leur itinéraire.

Nos trois sections fonctionnaient alors avec énergie.

Bien camouflés, le jour, sous nos filets de raphia vert, nous nous révélions forcément, la nuit, par notre feu même.

A plusieurs reprises, les avions ennemis nous lancèrent des bombes légères, dites de *cantonnement,* qui n'atteignirent jamais leur but. Ils réservaient les engins de cent et de cinquante kilos pour Paris ou pour les gares rencontrées au retour quand ils n'avaient pu atteindre la capitale, bien défendue par sa ceinture de canons antiaériens.

Plusieurs fois aussi, ils descendirent bas pour attaquer à la mitrailleuse les projecteurs qui cherchaient à les découvrir dans le ciel clair ou obscur.

L'un d'eux poussa même la provocation, une fois qu'il fut saisi par le faisceau, jusqu'à descendre vertigineusement dans cette zone de lumière, à cent mètres du réflecteur; et de là, il déchargea sa bande.

Deux servants de l'appareil tombent, tués; le sous-officier commandant le poste a son casque traversé, heureusement sans blessure.

Le projecteur s'éteint, comme un énorme ver luisant frappé à mort. Mais, aussitôt, l'audacieux avion est saisi par un autre.

Se sentant peu de goût pour renouveler son téméraire exploit, il prend du large. Malheureusement pour lui, le second projecteur ne le lâche plus.

Cela se passait à un kilomètre de la section.

Je vois l'accrochage lumineux et suppute instantanément tout le parti qu'on en peut tirer.

— Vacherel! appelais-je.

— Présent.

— Vous voyez... là?

— Parfaitement.

— Préparez-vous...

Un bruit de manœuvre. Des commandements brefs. Des chiffres jetés dans la nuit.

Les premiers coups partent. Ils éclatent loin du but qui fuit. Nous sommes mal orientés.

Rectification rapide. Une, deux, trois salves sont expédiées avec le concours de la deuxième pièce.

Rien encore...

L'avion prend de la hauteur. Le projecteur continue à le suivre.

Il prend non seulement de la hauteur, l'avion ennemi. Comme s'il était aveuglé ou affalé, il vire plusieurs fois et finit par sortir de son cercle.

Je le situe, à présent exactement au-dessus de la grande route de Soissons à Reims, et survolant l'agglomération de Fismes.

Et, brusquement, il fait un coude, se dirigeant vers l'Est...

— En poursuite! criai-je... Première pièce seulement!

A cet ordre Vacherel, les servants et le conducteur sautent sur la voiture. Je les y rejoins... l'auto-canon démarre. Et nous voilà lancés à la chasse de l'avion ennemi!

Nous traversons Baslieux et Courlandon à une vitesse folle, avec un bruit d'enfer.

Les poilus se garent, effarés, au passage de ce monstre déchaîné dans la nuit. Il fait si noir et nous filons tellement vite que nul ne peut reconnaître à quoi il a affaire.

Est-ce un 75 porté? un projecteur? une camionnette télégraphique? une auto-mitrailleuse?

C'est la voiture-fantôme, voilà tout!

Nous voici sur la grande route... Nous roulons vers Reims...

L'avion, toujours tenu par le pinceau du projecteur, oblique un peu à gauche et lâche une bombe sur la gare de Breuil.

La détonation résonne, formidable. Une autre détonation lui répond : l'auto-canon vient de faire feu.

L'obus explose juste au-dessous de la bande lumineuse. La portée est faible, mais la direction est excellente.

Je prescris une modification d'angle. Notre allure s'accélère; il semble que nous gagnons un peu. Mon chauffeur fait rendre à son moteur tout ce qu'il peut.

Et l'avion continue à fuir... Le rayon de lumière continue à le suivre... Et nous continuons à le pourchasser.

On le distingue fort bien, monstrueux moustique qui brille, baigné dans une auréole d'or.

Une autre bombe tombe sur la gare de Jonchery.

L'auto-canon, qui maintient sa distance, riposte.

Cette fois, le coup est trop haut; mais un deuxième éclate en avant de l'avion.

— Plus vite! dis-je au chauffeur. Plus vite!

Chasse inouïe, fantastique, — émouvante au suprême degré!

Une nouvelle détonation — effroyable par son ampleur et sa force — retentit à hauteur de la gare de Muizon.

— C'est une torpille de cent kilos, dit Vacherel. Je les connais!

— Feu!

Cette fois, nous sommes presque sur l'avion, un peu moins visible dans la lumière, diffuse maintenant en raison de l'éloignement du projecteur resté là-bas, lui... forcément.

Le canon a tiré sous un angle voisin de soixante degrés.

Deux, trois, quatre secondes s'écoulent... Et alors — spectacle extraordinaire — nous voyons, à la place de l'avion boche, un énorme globe de feu, pareil à un bolide.

Le globe incandescent ne dure pas plus d'une demi-seconde. Il s'ouvre, comme s'il éclatait et se résoud en des millions de points lumineux, semblables aux pluies pyrotechniques qui corsent les bouquets des feux d'artifice.

— En plein dedans!... hurle Vacherel, la voix démente.

— Vous pensez...? dis-je, n'osant y croire et haletant d'émotion.

— J'ai vu!... Touché de plein fouet! Ecrabouillé!... Quelle salade! C'est le réservoir d'essence qui vient de sauter, parbleu!

De fait, il n'y a plus de monstrueux moustique dans la queue de comète formée par le projecteur.

Quel coup, mes amis, quel beau coup!

On arrête. Nous écoutons. Rien. Le silence. Plus de ronronnement de moteur

Le projecteur, ayant perdu sa proie, s'éteint brusquement.

Et moi, et Vacherel, et mon équipe nous nous sentons envahis par une joie délirante. Mes poilus rient, plaisantent, gesticulent.

— Qu'est-ce qu'il a pris!

— A présent, qu'est-ce qu'on fait?... demande Vacherel.

— On rentre. Nous reviendrons par ici demain chercher les débris.

— Oui : il fait trop noir maintenant

Nous revînmes le lendemain, en effet, de bonne heure. Du présomptueux aéroplane, nous ne retrouvâmes, près de la voie ferrée, qu'un fragment d'hélice avec ce mot peint en noir :

Dillingen.

C'est tout ce qui restait de l'oiseau tiré par l'auto-canon fantôme.

IV

Sur le rebord du plateau

L e 27 mai au matin, grande nouvelle :

Les Boches attaquent!

Ça, c'est un réveil plutôt désagréable, dans un secteur qui avait, jusqu'ici, la réputation d'être « pépère ». Cette réputation, il la possédait à un tel point qu'on venait d'y envoyer, pour se refaire, pas mal d'unités anglaises malmenées autour d'Amiens et de Montdidier aux mois de mars et d'avril.

Bah! on va voir... Préparons-nous toujours à résister, à contre-attaquer au besoin.

Et puis, il y a le Chemin-des-Dames... Pour passer celui-là, il faudra que Fritz se lève matin!

Malheureusement, il s'est levé matin, Fritz! et peu de temps après son attaque, précédée d'une courte préparation d'artillerie, il franchissait le Chemin des Dames.

A vrai dire, il ne trouvait personne devant lui. Il avançait l'arme à la bretelle. Etait-il au courant des prélèvements que nous avions dû faire pour boucher les trous de Noyon, du Mont-Renaud, de Lassigny et de Rollot? Probable... Et nous, notoirement inférieurs en effectifs à cette époque, nous ne pouvions être partout à la fois.

Bref, le Boche gagne du terrain.

A midi, je n'ai pas encore vu d'avions; par contre, j'aperçois de petits paquets noirs qui bougent sur les coteaux de Beaurieux.

Vacherel, qui a l'œil aux aguets, les distingue également.

— Les voici! dit-il.

Que faire? Je n'ai pas d'ordres. Je suis un des rares éléments français demeurés dans ces parages, avec quelques sections de munitions cantonnées à la ferme de Baslieux.

Je veux téléphoner... Impossible d'avoir la communication avec qui que ce soit.

J'envoie une estafette au major de cantonnement de Baslieux. Il me répond ne rien savoir et se préparer à toutes les éventualités.

Pendant ce temps, les petits paquets noirs avancent. Il me semble qu'ils augmentent, et aussi qu'ils se rapprochent avec une rapidité singulière.

Il n'y a plus à hésiter. Je fais préparer mes pièces pour le tir sur but terrestre. Il sera toujours temps de partir à la dernière extrémité.

Sur ces entrefaites, voici le capitaine Vanbremeersch qui dévale comme une trombe, dans son auto de tourisme, à travers le plateau, venant de la direction de Maizy. Il a l'air assez agité.

— Qu'est-ce que vous f... encore là? s'exclame-t-il... On ne vous a pas dit de vous replier, Robertet?

— Pas d'ordre d'aucune sorte, mon capitaine.

— Ah! oui : c'est la pagaïe! Eh bien, je vous en apporte, moi, des ordres... Il faudra faire comme les deux autres sections : garder un contact assez élastique avec l'ennemi et ne pas perdre, *surtout*, votre liberté de manœuvre.

J'avais compris... Et c'est bien ce que je comptais faire, moi pauvre aspirant frais émoulu de l'Ecole de Fontainebleau, moi simple exécutant, uniquement servi par mon instinct de combattant, et si distant des combinaisons stratégiques, des mouvements tactiques élaborés par les petits et les grands états-major issus, eux, de l'Ecole de guerre!

Déjà, le capitaine repartait. Il allait à la section de Blanzy.

— En tout état de cause, me jeta-t-il, si ça marchait mal, ralliement à Arcis-le-Ponsart.

A présent, les petits paquets noirs pullulaient, non seulement sur le coteau de Beaurieux, mais sur toutes les crêtes d'en face qu'ils passaient, à peine gênés par le tir d'une artillerie peu dense et très intermittente.

Je fis avancer mes deux pièces jusqu'au rebord nord du plateau.

De cette position, la section dominait la partie de la vallée de l'Aisne comprise entre Villers-en-Prayères et Maizy, sur le canal latéral.

Je voyais des détachements *feld-grau* s'infiltrer par le pont.

Ah! ce pont de Maizy! Après des mois de tirs subis, il était toujours là, intact, il avait encaissé tour à tour, impassiblement, les bombardements français et les bombardements ennemis. Pas un projectile ne l'avait atteint. Il est vrai qu'il est si étroit...

Pont de Maizy, à mon tour, je vais te prendre pour cible.

Je suis à 4.800. Bonne distance... Et je commence mon feu.

Bien entendu, je rate le but, moi aussi. Mais ce que je ne rate pas, c'est un tas de Boches débouchant du pont et prenant le chemin de Muscourt.

Nous en visons d'autres avec des fortunes diverses. On tire à cadence lente, en pointant avec un soin extrême pour obtenir toute la précision possible. Nous n'avons que notre approvisionnement normal de 180 coups; il ne s'agit pas de le gaspiller.

Peu à peu, le bruit de la canonnade décroît. Il semblerait que nous sommes à peu près seuls à soutenir le feu.

Voici des fantassins de chez nous. Ils se replient, sans hâte, en tiraillant sur les premiers *feld-grau*, dispersés à environ 1.500 mètres.

Ils dépassent la section. Un sergent nous crie :

— Vous allez vous faire poisser!

— Où sont les nôtres? lui demande Vacherel.

— Ils s'en vont du côté de Fismes... C'est nous les derniers!

La situation est grave.

Les Français sont loin déjà. Ils viennent de disparaître au versant sud du plateau ; ils descendent vers Baslieux, sans plus tirer, maintenant. Devant nous, les Boches arrivent.

— Combien avons-nous encore de cartouches? demandai-je à Vacherel.

— Quarante coups par pièce. On tire?

— Comment donc!

Dans tout le secteur, nous sommes certainement les seuls à conserver la parole.

De loin en loin, pourtant, de gros obus français passent en sifflant au-dessus de nous et vont soulever des geysers de terre et de fumée noire au delà de l'Aisne, sur la route de Soissons, entre OEuilly et Cuiry-les-Chaudardes (que mon brigadier Vertelugue, de Tarascon, s'obstine à appeler « Cuiry-les-Channdails).

L'artillerie allemande, embossée dans le bois de Vauclerc, derrière le Chemin-des-Dames, répond d'une façon nourrie à ces salves d'adieu, qui proviennent de très loin.

Plusieurs projectiles percutent pas loin de nous, sur la droite. En même temps, voici le miaulement des balles, qui s'accentue de minute en minute.

La situation devient intenable.

Nos dix coups sont tirés. Plusieurs ont tapé au bon endroit. Mais notre position est de plus en plus critique.

J'ai le sentiment très net que, si nous restons là cinq minutes encore, nous serons démolis par le fusil et la mitrailleuse.

J'ordonne le mouvement. Nous redescendons le plateau, sans peur, mais aussi sans reproche, car on a tenu ici tant qu'on a pu.

V

Tir sur buts imprévus

Nous voici à Baslieux.

La ferme brûle. Un obus incendiaire vient d'y mettre le feu.

Affolés, le fermier et ses gens achèvent de faire sortir le bétail.

Les sections de munitions du commandant Misset, qui s'y trouvaient, ne sont plus là. Personne ne peut me renseigner.

Le major du cantonnement, le lieutenant Bétron, est resté bravement à son poste.

— Venez-vous? lui dis-je!

— Pas encore.

— N'attendez pas qu'il soit trop tard.

Il me répond par un geste évasif. Je comprends qu'il ne s'en ira qu'à la dernière limite (1).

____

(1) Ce brave officier a pu partir à temps, suivi de près par les Boches.

Nous voici sur la route de Courlandon, pour laquelle je me décide, celle de Fismes me paraissant devoir être encombrée.

— Allons! dis-je à Vacherel, nous nous en tirerons sans dommage.

Peu de monde sur la route. Des isolés qui se hâtent et qui nous regardent, avec envie, passer à toute vitesse.

Et j'ai le désir de rejoindre le plus tôt possible le capitaine et le groupe à Arcis-le-Ponsart.

L'allure augmente... Nos six voitures roulent comme un express. Soudain, coup de théâtre!

Je reconnais une infirmière (p. 17).

A la sortie de Courlandon, nous tombons sur une patrouille allemande qui a manœuvré à travers champs pour couper les derniers éléments de la retraite.

Il y a une trentaine de fantassins; et, derrière les baraquements de l'hôpital, je vois un peloton de uhlans qui galopent dans les blés.

Les fantassins obstruent la route. Ils nous ont entendus... Ils se retournent, face à nous, pour nous barrer le passage.

— Qu'est-ce qu'on fait? demande Vacherel.

— On fonce dedans!

Et je crie à pleins poumons :

— Accélérez encore!

Allure vertigineuse. Choc. Trois Boches sautent en l'air, tamponnés par la première pièce, par l'auto-canon fantôme qui mérite mieux que jamais son nom, car on a à peine le temps de l'entrevoir. La seconde passe sur deux corps qu'elle broie. Les quatre voitures de l'échelon parachèvent la trouée. Les Allemands n'ont pas le loisir de se garer. Quelques embardées voulues — triomphes de nos chauffeurs — les agrippent sur les bas-côtés, où ils se réfugient. Total : une dizaine de Teutons sur le carreau. Au milieu de quels cris, de quelles plaintes, de quelle fusillade! car vous vous doutez bien que ce pilonnage forcené, cette pulvérisation, ne vont pas sans déclencher les chargeurs des mauser. Des balles s'aplatissent contre notre bouclier; mais personne n'est atteint.

L'auto-canon fantôme mène toujours le train. Bientôt, il va virer pour se diriger sur Magneux et Courville.

Mais qu'est ceci? La dernière voiture de l'échelon s'arrête. Panne? Ou le chauffeur serait-il tué?

Poussant de rauques hurras, les uhlans se précipitent, ventre à terre, pour l'envelopper.

Je fais signe à mes voitures de doubler, et je stoppe, presque pile, par un freinage à tout casser.

Charger le canon, le pointer... il y en a pour dix secondes.

Le coup part...

La fusée a dû être débouchée à l'évent mathématiquement exact, car l'obus expose à hauteur du peloton, suivi d'un deuxième qui éclate à la même place.

Dans la fumée des deux coups, tout a disparu : la voiture, les cavaliers, la route... tout.

Quand elle se dissipa... eh bien, le camion-caisson remarchait et se dirigeait vers nous, laissant derrière lui une douzaine de cavaliers en capilotade.

Une demi-heure après, la section arrivait à Arcis-le-Ponsart.

Comme dommages : deux blessés légers et une bâche brûlée par une balle incendiaire.

— Une paille! — comme disait Vacherel, qui avait toujours le mot de la situation.

<h1 style="text-align:center">VI</h1>

<h3 style="text-align:center">La marée qui monte</h3>

C'ÉTAIT bien la retraite...

Evidemment, nous avions été surpris; et l'ennemi bénéficiait de cet effet de surprise, dans une large mesure.

On avait bien eu vent de l'attaque, — mais trop tard...

Et à ce sujet, l'anecdote suivante circulait :

Devant ces rumeurs vagues d'offensive qui filtrèrent aux derniers moments, — et qui signalaient l'attaque ennemie comme devant avoir lieu le 27 mai à une heure du matin, — un général ordonna un coup de main, le 26.

Il s'agissait de faire des prisonniers.

Il était cinq heures du soir.

Le coup de main réussit.

Au tableau, plusieurs prisonniers, dont un officier subalterne.

Ce dernier est immédiatement amené au général qui l'interroge, le presse.

Mais le capitaine allemand, sans refuser catégoriquement de répondre comme certains font parfois, élude toutes les questions. Il déclare ne rien savoir des projets allemands, être arrivé la veille dans le secteur... et quand on lui parle d'offensive, il affecte de n'y pas croire et d'en rire.

Impatienté, le général lui dit:

— Assez, Monsieur! Je sais que nous devons être attaqués cette nuit, à une heure. Vous ne voulez rien dire? A votre aise... Seulement, je vous préviens que si mon renseignement est exact, je vous fais fusiller à une heure cinq.

On emmène l'officier, qui a changé de figure.

Dix minutes après, il avait également changé d'avis.

Il demandait à parler au général et racontait tout ce qu'il savait de l'attaque, bien décidée, en effet, pour une heure du matin.

Que faire, en aussi peu de temps, sur un front aussi dégarni?

Il fallut bien céder du terrain, — seul moyen d'éviter des sacrifices coûteux et inutiles.

Voilà ce qu'on racontait dans cette armée en train de se replier.

A Arcis-le-Ponsart, pas de groupe, pas de capitaine Vanbremeersch.

Il est midi.

Des troupes passent, des troupes anglaises surtout.

On dit que l'état-major de l'armée a quitté Belleu (sud de Soissons), qu'il va s'installer à Trilport; d'autres prétendent à Oulchy-le-Château.

La vérité, c'est que personne ne sait rien.

Les Britanniques ont l'air de ne pas s'en faire; ils montrent leur flegme habituel. Pourtant, s'ils avaient un peu mieux tenu à Bazoches et à Fismes...

On raconte des choses extraordinaires: les Boches auraient surpris l'état-major de la division T... dans les creutes (grottes calcaires) de Pargnan et l'y auraient muré.

Cette fable stupide rencontre quelque créance auprès de certains esprits chavirés. Moi, je n'y crois pas. Comment murer dans une ou plusieurs cavernes des hommes bien résolus à se défendre?

D'ailleurs, l'état-major en question arrive bientôt à Arcis-le-Ponsart pour se diriger sur Fère-en-Tardenois.

Fère-en-Tardenois! Il y a là un grand parc d'armée comprenant, entre autre matériel, trois mille voitures, absolument neuves. Pourra-t-on sauver tout cela?

Le parc de Sermoise, annexe de celui de Fère-en-Tardenois, est en train de flamber, m'annonce un motocycliste que je connais. On y a mis le feu, préférant sacrifier des millions de matériel que de le laisser tomber aux mains des Boches qui, rien que comme bois, roues, harnachement et équipement, y auraient trouvé une fortune inespérée et d'immenses ressources.

...Et le capitaine Vanbremeersch n'arrive toujours pas!

Je m'informe un peu partout, car je ne veux pas m'éterniser ici.

L'officier mécanicien d'une section de transport peut enfin me renseigner. Il a vu le capitaine, qu'il connaît, du côté de Braisne, avec trois autos-canons. Le quatrième a été démoli.

J'irais volontiers à la rencontre du capitaine; il peut avoir besoin de moi.

Mais il y a deux routes pour aller à Braisne: la première par Courville, Saint-Gilles et Fismes; la seconde par Cherry-Chartreuve, Mont-Saint-Martin, Mont-Notre-Dame et Quincy. Laquelle prendre?

Je me décide pour la première qui me semble un peu plus directe et qui, pour cette raison, a chance d'être prise par le capitaine s'il doit toujours venir à Arcis.

Mes six voitures décollent non sans difficulté. Elles sont heurtées par d'autres venant en sens inverse. Le passage est étroit pour tout ce monde qui s'y entasse. Quel embouteillage!

Enfin, la section se dégage et peut aller plus librement. Mais elle ne va pas loin...

A Courville, un régulateur au brassard vert et rouge de commission de corps d'armée brandit son drapeau d'arrêt.

Impossible d'aller au-delà. Les Boches sont signalés au nord de Saint-Gilles.

Un cycliste dévale la côte à toutes pédales.

Il clame en passant:

— Les Boches entrent dans Saint-Gilles!

Déjà, derrière le cycliste qui continue sa route, des voitures d'ambulance, des camionnettes, arrivent, chargées de malades et de blessés.

Le médecin-chef guide le convoi.

Je reconnais une infirmière.

Elle me reconnaît aussi et me fait signe de venir près d'elle.

— Ils sont là! me dit-elle en désignant du doigt la direction de Saint-Gilles... Les monstres! les bandits! ils ont bombardé l'hôpital!

— La croix rouge ne les a pas arrêtés?

— Ils se sont acharnés, au contraire.

— Et il y a... des accidents?

— Hélas!

— Des tués?

— Oui... notamment deux infirmières. L'une a été décapitée par un éclat d'obus... Heureusement, nous avons pu sauver nos blessés et nos malades... Au revoir, monsieur Robertet. A plus tard... Bonne chance!

Elle me tend la main. J'y dépose un baiser rapide: un baiser affectueux, respectueux, reconnaissant, — un baiser d'admiration pour tant de grâce et de bonté alliées à tant d'héroïsme.

Et déjà la voiture médicale est loin.

Et moi, je serre les poings, pris d'une rage subite contre les bourreaux de Prusse, et résolu à leur faire payer cher leurs méfaits.

Mais nous ne pouvons rester là. Devant nous défile toujours la retraite, la lamentable retraite qui se prolonge et n'en finit pas...

Que faire?...

Je suis là, sans instructions, — qui m'en donnerait ici? — abandonné à ma propre initiative.

Un chef de bataillon d'infanterie passe, à cheval, causant avec un capitaine. Je l'entends dire :

— Si seulement nous avions un peu d'atillerie dans ce coin-ci!...

Vite, je m'élance.

— De l'artillerie, mon commandant?

— Mon ami, je ne peux vous donner d'ordres... je n'en ai pas à vous donner... mais d'après ce que je viens de voir, une simple indication, qui pourrait ne pas être inutile.

— Dites, mon commandant. Je n'ai pas de mission actuellement, et il me reste dans mes coffres quelques coups qui ne demandent qu'à être évacués... par la trajectoire.

— Du 75?

— Du 75.

— Hé bien, écoutez... Les Allemands essaient de déboucher de Hourges. Ils sont à la sortie sud, pas loin de l'église, arrêtés par une douzaine de mes mitrailleurs. Mais les pauvres ne pourront tenir bien longtemps; ils seront submergés; leurs bandes s'épuisent. Je vais justement essayer de couvrir Crugny, après avoir fait ce détour par Savigny, pour pouvoir passer... Si vous tapiez sur les lisières sud de Hourges...

— Compris, mon commandant.

— Voyez, mes mitrailleuses sont là.

Il me montre le point sur la carte, à peu près à la cote 201.

— Vous avez donc de la marge... Un barrage de quelques minutes permettrait à mes mitrailleurs de joindre mes éléments qui se groupent à la ferme Montazin, sud-est de Vandeuil, où l'on tâche de concentrer la résistance. Ils ne peuvent quitter en ce moment, car ils sont seuls à recevoir le choc. Votre intervention serait des plus efficaces.

Je n'en entends pas davantage.

Je suis déjà sur mon premier numéro, — l'auto-canon fantôme, — pour le conduire, suivi de tout le reste, par un mauvais chemin de terre, jusqu'à la ferme de Perthes, auprès de laquelle je connais une bonne position de batterie, entrevue l'hiver dernier et occupée par du 155 long.

Malgré les difficultés du terrain, nous y arrivons bientôt.

Tout autour de nous, la bataille semble se rallumer. La fusillade crépite avec rage, et l'on entend deux grosses pièces d'A. L. V. F. tonner en arrière de Mont-Notre-Dame où je les ai vues, avant-hier encore, accroupies sur la voie ferrée

VII

Derniers exploits

Veine!

Non seulement la position de batterie existe toujours, mais elle est admirablement dissimulée par une double rangée de pommiers verdoyants et fleuris dont le feuillage touffu forme un camouflage parfait.

Y prendre place est l'affaire de quelques instants pour mes deux pièces.

Je grimpe sur le toit de la ferme qui me fournira un observatoire à vues étendues.

De là, je vois parfaitement Hourges.

A la jumelle, je distingue les Allemands fixés à la lisière par le feu incessant de nos mitrailleurs.

Dès que quelques-uns veulent avancer, sortir du village, ils s'abattent, fauchés.

Mais aussi j'ai la perception très nette que le débit des mitrailleuses françaises se raréfie.

Faute de munitions sans doute, notre résistance va tomber.

Et alors, le Boche aura le champ libre. Il ne fera qu'un bond jusqu'à Crugny, l'îlot que le commandant organise.

J'arrive à temps!

Le commandant pourra installer ses éléments et retarder l'ennemi en lui infligeant des pertes sensibles, capables peut-être de paralyser son élan.

A présent, les mitrailleuses françaises se taisent. Quelques *cla-cla* de loin en loin...

Les Allemands se rendent compte de ce qui se passe. Ne recevant presque plus de balles, les voilà qui marchent, en ordre massif, suivant leur coutume. Ils s'élancent à l'assaut de la cote 201.

Doucement, mes agneaux! Mon premier coup arrive en plein dans le tas... C'est la bonne hausse. Il sera facile de la manier.

Insoucieux de leurs pertes, les Allemands avancent encore. Mon deuxième coup se place aussi bien que le premier.

Cette fois, je les vois ralentir, hésiter. L'ordre massif présente des trous nombreux.

Deux autres coups partent, portant la mort et la confusion dans les rangs ennemis... Et de nouvelles salves suivent, meurtrières, décimantes...

— Je n'ai plus de munitions! vient m'annoncer, d'en bas, le chef de la deuxième pièce.

— Et vous, Vacherel?

— Encore douze coups, me crie-t-il.

— Ménageons-les. Nous avons déjà obtenu un résultat appréciable.

A cette heure, je crois bien être l'unique canon qui tire encore dans cette zone.

Un ban pour le « canon-fantôme! »

S'il n'en reste qu'un, il sera celui-là.

Mais que vois-je?

Un avion boche monte à l'horizon, derrière les hauteurs de Craonne.

Il pique droit sur nous.

Averti, alerté, il vient, bien sûr, chercher — et mitrailler — cette artillerie audacieuse qui harcèle l'assaillant de Hourges et enraye sa progression.

Quand un avion ennemi vous cherche, le principe est de ne pas tirer. Ce serait se faire immédiatement repérer; tandis qu'une pièce silencieuse ne se révèle pas facilement.

J'observe le principe. Mais je fais charger.

Voici l'appareil juste sur nous. Il tourne autour de la ferme. Bien entendu, j'ai quitté mon toit, pour observer par une lucarne.

L'avion volte et virevolte... Il insiste... Il s'abaisse...

O chers pommiers camoufleurs! grâce à vous, bienheureux arbres, grâce à vos fleurs et à feuilles, nous demeurons invisibles à l'œil acéré de l'oiseau de proie.

Au bout d'une minute l'avion ennemi s'éloigne.

Il va chercher ailleurs, du côté de la ferme Puiseux, vers Mont-sur-Courville.

Je commande :

— Feu!

Les Allemands se remettaient en marche. Le coup percute à vingt mètres en avant d'eux... Les voilà arrêtés, immobilisés encore.

Le pilote boche a *entendu* le coup. Il fait demi-tour et revient.

Mais il ne l'a pas *vu*. La fumée, légère et ténue, est déjà dissipée.

Cette fois, il descend plus bas encore. A l'œil nu, je distingue le mouvement de l'hélice.

Le mitrailleur du bord essaie sa bande.

Et *cla-cla!*... des balles dégringollent sur le toit, cassant des tuiles.

Nous sommes vus, — ou du moins, cela m'en a tout l'air. Alors, plus rien à perdre. Allons-y!

Je fais reprendre le feu, — toujours aussi mortellement précis.

La mitraillade de l'avion s'accélère... C'est un vrai roulement. Les balles sifflent et s'abattent. Mais le canon-fantôme continue à tirer.

— Encore deux coups! m'annonce Vacherel.

— Halte à la charge. Gardons-les.

Notre rôle est terminé. D'ailleurs, on entend des coups de feu partir de Crugny et de la ferme Montazin. Le commandement a pu organiser son affaire. Nous avons bouché le trou. C'est l'essentiel.

Et soudain, la mitraillade de l'avion cesse, comme coupée au couteau.

Je lève la tête. Le Boche fuit.

Que se passe-t-il?

Voici l'appareil juste sur nous; il tourne autour de la ferme (p. 20).

Ah! je comprends... Un aéroplane français vient d'apparaître dans le champ aérien, venant du côté de Fère-en-Tardenois. L'autre ne tient pas à engager la lutte. Et, tandis que le nôtre lui fonce dessus, il met le cap vers le Nord...

Mais le Français — un appareil très rapide — le gagne de vitesse.

D'en bas, les fantassins allemands de Hourges lui envoient une grêle de balles. Il peut les dédaigner, vu la hauteur où il navigue.

Maintenant, le nôtre a atteint la perpendiculaire de l'autre. Il le domine de cinq ou six cents mètres. Quelques secondes, il vole ainsi, se réglant sur l'appareil allemand.

Soudain, brusquement, il s'abat, il tombe, pareil à un épervier visant une proie.

Un crépitement de mitrailleuse... très bref! Et le Boche descend en feuille morte, au milieu de fumée et de flammes!

— Un de moins! applaudit Vacherel... Il ne nous a pas eus!

Mais il avait eu, sans doute, le temps de lancer un message par sans fil, car deux 105, aussi désagréables qu'inattendus, viennent encadrer l'auto-canon-fantôme.

Nous n'avions plus rien à faire ici.

Une deuxième salve, plus serrée que la première, nous invita à vider ces lieux inhospitaliers.

En contre-bas, la route charriait toujours les épaves de la retraite.

Des isolés se hâtaient vers le sud, se faufilant dans les créneaux des convois, marchant dans les intervalles, courant derrière les voitures au trot, cherchant à y monter.

A terre, des armes, des sacs, des casques.

La section rejoignit la route juste pour s'insérer dans un groupement de transports automobiles qui arrivait de Braisne et voulait rallier Dormans.

Un adjudant de ce groupement m'apprit que les Allemands avançaient de partout.

— Connaissez-vous le capitaine Vanbremeersch? lui demandai-je.

— Vanbremeersch?

— Oui, qui commande le ...* groupe d'autos-canons.

— Je ne connais pas cet officier; mais j'ai vu trois autos-canons tout à l'heure, à Tannières.

— Ce doit être ça. Où peuvent-ils être? Marchaient-ils?

— Oui. Ils sont passés en tête de notre colonne.

Je n'en entendis pas plus. Laissant mon convoi à Vacherel, je partis à toute allure, le côté gauche de la route se trouvant libre à ce moment et le sens unique de circulation étant par hasard observé.

Après avoir doublé une centaine d'autos, je finis par reconnaître, dans un nuage de poussière, nos trois autos-canons.

D'échelons, point.

Le capitaine Vanbremeersch était sur la première voiture. A un ralenti, j'y montai.

— Ah! vous voilà, Robertet! dit-il en m'apercevant. On m'avait dit que vous étiez pris... Mais je vois bien que c'était une blague

Je lui racontai ce que nous avions fait. Il m'en félicita vivement.

— Et votre matériel?

— Intact... Il vient derrière moi, mon capitaine.

— Vous avez eu plus de chance que moi. Je n'ai plus que trois pièces; la quatrième a reçu un obus en pleine carcasse. Quant aux autos d'échelon, j'en ai été séparé au cours d'une pagaïe terrible sur la route de Soissons.

— On les retrouvera, mon capitaine.

Au fond, malgré mon accent affirmatif, je n'en étais pas du tout convaincu.

Le reste de la journée vit la continuation de notre mouvement.

Le soir, à la nuit close, nous arrivions au Charmel, au nord d'une importante boucle de la Marne.

Nous y restâmes jusqu'au lendemain.

Sur ce qu'on faisait, sur ce qu'on projetait, toujours la même obscurité, la même incertitude.

Un de mes vieux chauffeurs, Changaron, me disait avec tristesse :

— C'est la même chose qu'en 1914.

— Oui, mais rappelez-vous ce qui est survenu après, Changaron.

— Je ne dis pas... je ne dis pas... Mais ce n'est guère encourageant, tout ça.

Ce dialogue se tenait à l'aube. Le soleil se levait, splendide, derrière la forêt de Ris.

On m'apporta un ordre.

— Changaron, dis-je après l'avoir lu, voici une mission de confiance pour laquelle j'ai besoin d'un chauffeur d'attaque.

— Ah! ah! fit-il, le regard brillant soudain. Je suis votre homme.

Voici en quoi consistait cette mission :

Se porter au-devant de l'ennemi dont les avant-gardes menaçaient Fère-en-Tardenois et retarder son avance, par tous les moyens.

Munitions à prendre au dépôt C 2, à X...

C'était une véritable tâche d'éclaireurs. Je jugeai inutile de m'embarrasser d'un caisson. Je pris à bord toutes les munitions que je pus, et bientôt, l'auto-canon pénétrait sous bois, dans la forêt de Fère.

Je fus presque effrayé de la solitude qui régnait là...

Au nord, une sourde et sombre rumeur qui allait en augmentant. On sentait l'approche de troupes nombreuses. Le sol tremblait par instant.

A l'orée de la forêt, rien de particulier. Quelques traînards de chez nous qui me dirent :

— Les Boches sont à Fère-en-Tardenois.

J'embusquai ma pièce derrière le Château de la Forêt, à un coude de la route d'où il était permis de balayer d'enfilade près de deux kilomètres en ligne droite.

Mes servants faisaient comme moi : ils attendaient.

Tout à coup, des uniformes gris-vert paraissent au tournant, là-bas, vers Villemoyenne.

Aussitôt, notre feu commence.

L'auto-canon tire à l'abri d'un masque de branchages. L'ennemi ne peut rien voir. Il se contente de recevoir les obus qui, eux, ne sont pas fantômes...

Mon approvisionnement finit par s'épuiser. Mais les Boches n'ont pas passé. Je les ai tenus là plus d'une heure.

— Reste une douille sans obus, dit Vacherel.

— Chargez.

— Attention! murmure Changeron, j'en vois qui s'amènent sous bois... Oh! mais ils sont prudents; ils marchent comme des limaces...

— Mettez en route, Changeron.

Il empoigne la manivelle; la magnéto ne rend pas. En vain s'y cramponne-t-il, use-t-il toutes ses forces. Rien à faire... Rien!

La stupide mécanique refuse tout service.

Et les Boches avancent...

Dans trois minutes ils seront sur nous.

— Il va falloir abandonner la pièce et sa voiture, dis-je... Mais le rôle de l'auto-canon fantôme n'est pas encore terminé, mes amis!

La pièce est chargée à poudre.

Je fais obstruer l'âme par Vacherel, avec un tampon de terre gazonnée. Puis, prenant un peloton de ficelle dans ma poche, je l'attache à l'extrémité du cordeau du tireur. Ensuite, après avoir fait passer la ficelle sous la crosse, nous nous éloignons, sous le couvert, la déroulant avec nous.

Nous voici à une soixantaine de mètres, à plat ventre, invisibles.

Deux, trois, cinq, dix Boches arrivent précautionneusement.

L'un d'eux pousse un *hoch* de triomphe en apercevant l'auto-canon abandonné.

Quelle proie! quelle prise! Ils se précipitent littéralement dessus, avec des exclamations gutturales.

Maintenant, une quinzaine de Boches entourent la pièce, que leur sous-officier examine attentivement.

A ce moment, je donne un choc brusque à la ficelle.

Une déflagration formidable s'ensuit, tandis que nous détalons à toutes jambes.

L'auto-canon fantôme vient d'éclater, rasant tout autour de lui, envoyant aux arbres une rosée sanglante, une rosée de sang teuton...

La plus belle fin, n'est-ce pas? pour une pièce française qui a le malheur de tomber aux mains de l'ennemi!

FIN

Paris. — Imp. d'Éditions, 9, r. Édouard-Jacques.

COLLECTION "PATRIE"

40cent. L'OUVRAGE COMPLET ILLUSTRÉ **40**cent.

EXTRAIT DU CATALOGUE

1. La Chasse au Zeppelin.
2. La Reprise du Fort de Douaumont.
3. Miss Cavell, héroïne et martyre.
4. Les Marais de Saint-Gond.
5. La Chasse au sous-marin.
6. Perdus dans le « Labyrinthe ».
7. Les Français en Alsace.
8. La Belgique à feu et à sang.
9. La Prise de Tahure.
10. Un héros italien : Cesare Battisti.
11. Aux Eparges : Zizi, agent de liaison.
12. Combat naval du Jutland.
13. La Bataille de l'Ourcq.
14. Les Vitriers à Bezonvaux.
15. Tommies et Gourkas.
16. Ma Mitrailleuse.
17. L'Escadrille de la mort.
18. La Prise de Combles.
19. Les Tanks à la bataille de la Somme.
20. Le Grand-Couronné de Nancy.
21. La Guerre en masques.
22. Reims sous les obus.
23. La Bataille dans les Neiges.
24. Dans les Usines de guerre.
25. Les Diables bleus au « Vieil-Armand ».
26. L'Espionne de la Marine.
27. La Guerre sous terre.
28. L'Epopée serbe.
29. Les Zouaves à l'assaut (à Mesnil-les-Hurlus).
30. La Garde aux Océans.
31. La Délivrance de Noyon.
32. Prisonnier des Turcs (aux Dardanelles).
33. Au Mort-Homme sous la mitraille.
34. Le Journal d'un otage.
35. Le Serment de l'Aviateur.
36. Les Chars d'assaut à Juvincourt.
37. L'Epopée du Fort de Vaux.
38. Les Grenadiers de la République.
39. Souvenirs d'un prisonnier.
40. A la conquête de Bagdad.
41. Les Héros de Notre-Dame-de-Lorette.
42. L'Appel aux armes.
43. Pierrik le mousse, pêcheur de sousmarins.
44. Les Cuistos du Moulin de Laffaux.
45. Guynemer, l'as des as.
46. La Prise de Craonne.
47. Un Gosse héroïque.
48. Les Canadiens à Vimy.
49. Les Téléphonistes dans la bataille (à Beauséjour).
50. Le Premier choc.

154 Ouvrages parus — Envoi franco du Catalogue complet

EN VENTE PARTOUT

F. ROUFF, Éditeur, 8, Bd de Vaugirard, Paris-15e

9 782019 984137